www.tredition.de

N. S. H. Spieker

Renate

Erzählung

www.tredition.de

© 2021 N. S. H. Spieker

Verlag und Druck:
tredition GmbH, Halenreie 40-44, 22359 Hamburg

ISBN
Paperback: 978-3-347-24987-5
Hardcover: 978-3-347-24988-2
e-Book: 978-3-347-24989-9

Renate ist eine Erzählung in Briefen.

Die Tochter Eleonore schreibt Briefe an die schon verstorbene Mutter.

Aus der Monoperspektive der Erzählerin wird in 38 Briefen das Leben der Mutter, Renates Leben, skizziert.

Nach einer Operation mit tragischem Ausgang lag diese fast dreizehn Jahre lang im Wachkoma.

Ausgehend von der Beschreibung der Situation der Mutter als schwerkranke Patientin, versucht Eleonore rückblickend dem Leser und sich selber die lange Leidenszeit und schließlich den Tod Renates zu erzählen und zu erklären.

Die Tochter stellt Fragen und sucht nach Antworten. Fragt sich, warum die eigene Mutter so lange leiden musste und andere Mütter das nicht müssen. Welchen Sinn es wohl haben soll, wenn eine Großmutter die eigenen Enkelkinder nicht aufwachsen sehen darf.

Und ob das Leben nicht manchmal sehr ungerecht ist.

Die gegen Ende der Erzählung angedeutete Liebesgeschichte zwischen der Mutter und einem Mann aus ihrer Jugendzeit, sein Verschwinden und seine Selbsttötung deuten Erklärungsansätze an.

Sowohl für das Handeln der Mutter als auch für den Mann.

Abschließende Antworten will und kann die Tochter am Ende nicht geben.

Deutlich wird das, wenn sie schreibt:

Wo steht geschrieben, dass man seiner toten Mutter keine Briefe mit ins Grab legen darf?

Sie überlässt es dem Leser, mögliche Erklärungen für das Handeln der Mutter zu finden.

Prolog

Wir saßen zusammen am Frühstückstisch.

Nur das Rascheln deiner Zeitung beim Umblättern der Seiten und das leise Klirren des Porzellans waren im Esszimmer zu hören.

Plötzlich sagtest du unvermittelt in die Stille hinein:

„Ich kann ja nicht mehr weinen. Seit Jahren schon nicht mehr."

1

Liebe Mutter,

heute schreibe ich einen Brief an dich, obwohl du schon zehn Monate tot bist.

Manchmal weiß ich nicht mehr, wie du aussiehst. Dann bin ich selbst sprachlos vor Schreck und ganz starr, weil ich es selber so ungeheuerlich finde, dass ich mich schon jetzt nur noch mit Hilfe von Fotos an dich erinnern kann.

Diesen Brief werde ich nicht abschicken.
Und auch die anderen Briefe nicht. Die, die ich in nächster Zeit noch an dich schreiben werde. Du wirst nie einen dieser Briefe an dich erhalten. Aber ich möchte dir erzählen, wie diese vielen Jahre vergangen sind. Die Jahre, die du scheinbar schlafend verbracht hast in einem Bett an verschiedenen Orten. Als du noch da warst, obwohl du nicht da warst. Ich möchte dir davon erzählen, wie ich dich besucht habe in den diversen Kliniken und Pflegeheimen. Und schließlich in dem Zimmer, in dem du im letzten Dezember am Tag nach Nikolaus gestorben bist. An Krebs. An dem Krebs, den die Ärzte besiegt zu haben glaubten. Den sie herausgeschnit-

ten hatten bei dieser einen Operation. Bei der Operation, während der sie dich in diesen Zustand befördert haben. In den Zustand des Wachkomas, in dem du dreizehn lange dunkle Jahre verbracht hast. Ohne dass man dich vorher gefragt hätte, ob du damit einverstanden wärest.

Ich muss jetzt Schluss machen, damit ich anfangen kann.

Deine Eleonore

2

Es war ein Mittwoch als morgens das Telefon klingelte. Und ich ging an den Apparat, weil ich während der Osterferien ein paar Tage zu Besuch nach Hause gefahren war. Es meldete sich ein Krankenpfleger aus dem Krankenhaus.

Du hattest in der Nacht eine schwere Lungenembolie. Wir sollten alle sofort ins Krankenhaus kommen.

Ich rief Papa an, der geschäftlich mit dem Auto unterwegs war. Später saßen wir alle in einem Vorraum der Intensivstation, der als Wartezimmer diente. Irgendjemand passte auf die beiden Kleinen auf.

Sie sollten nicht mit ins Krankenhaus. Die Kinder waren beide erst knapp zwei Jahre alt. Als du gestorben bist, da waren beide fünfzehn.

Hilda hat einmal gesagt, sie könne sich an den Lippenstift, den du immer bei dir hattest, erinnern.

Und an deine rot geschminkten Lippen.

Anne spricht nicht über dich.

Sie sind jung und wollen leben.

Sie wollen nicht über das Sterben und den Tod nachdenken.

3

Wenn man nichts aufschreibt, dann bleibt so wenig. Dein schönes Lächeln und der Ausdruck deiner ganz hellblauen Augen.

Aber deine Augen wurden müde im Laufe der Jahre. Und einmal, da hast du mich an der Tür zum Wohnzimmer beiseite genommen und hast leise zu mir gesagt: „Es tut mir Leid, Nore, aber ich kann mich nicht mehr um dich und Nele kümmern. Ihr beide müsst jetzt alleine im Leben zurechtkommen. Ich brauche meine ganze Kraft für deinen Vater."

Ich war damals so alt wie Hilda und Anne heute sind. Nele, meine zweitälteste Schwester, war drei Jahre älter als ich. Ein anderes Mal sagtest du zu mir:

„Ich selber hatte so eine schöne Kindheit und Jugend."

Dabei hast du mich angeschaut, als ob du jemanden dafür verantwortlich machen wolltest, dass unsere Kinder- und Jugendjahre nicht so schön verlaufen waren wie deine eigenen.

Und dann hast du dich wie jeden Nachmittag auf dein Sofa gelegt und die Wolldecke bis zum Kinn hochgezogen. So, als wolltest du für immer unter der Decke verschwinden. Ich sehe immer noch die Staubflöckchen im Lichtkegel der Sonne tanzen, die in meiner Erinnerung an diesen Nachmittagen ständig durch das große Panoramafenster hineinschien. Und ich kann heute noch, über dreißig Jahre später, den Geruch der frisch gestrichenen Wandfarben in diesem Wohnzimmer riechen. Vielleicht hast du dich an diesen Nachmittagen einfach vor dem Leben, das du nicht leben wolltest, unter der Wolldecke versteckt.

An endlosen Nachmittagen, wenn draußen herrliches Wetter war, und du auf dem kleinen Ledersofa den Kopf unter die Wolldecke gehalten hast.

Ganz tief versteckt. Und welch ein grotesker Winkelzug des Schicksals hat dich dann völlig unvorbereitet getroffen. Und niedergestreckt. Jahrelang gefesselt an ein Bett in einem Zustand zwischen Tod und Leben. Ein Zustand, der dazu geführt hat, dass der Rest der Familie sich aufgelöst hat. Wie ein kleines Blatt Papier, das vom Feuer verbrennt und von dem nichts weiter übrig bleibt, als ein klitzekleines Häufchen Asche.

Asche, die im Wind verweht.

4

An dem Tag, an dem ich meinen zehnten Geburtstag gefeiert habe, da schien draußen die Sonne. Wir wohnten damals in einem Haus, das von einem parkähnlichen Garten umgeben war, in dem viele alte und großgewachsene Eichen standen. Der Tag war wunderschön.

Ich hatte ein paar Kinder aus der Schule am Nachmittag zu Besuch, ich bekam Geschenke und ich war sehr glücklich. Aber ich erinnere mich an einen Moment an diesem Nachmittag, als wir Kinder alle zusammen Verstecken in dem großen Garten gespielt haben. Ich stand versteckt hinter einer sehr großen alten Eiche, die wir nur die Zwillingseiche nannten, weil aus ihrer Wurzel zwei Triebe im Laufe der Jahre gewachsen waren. Die beiden Triebe waren zu zwei sehr großen und starken Eichenbäumen geworden, die miteinander verwachsen waren. Der Mitschüler zählte mit verdeckten Augen laut bis dreißig. Und während er zählte, spürte ich es auf einmal. Es war ein starkes Gefühl, das mich an der Zwillingseiche stehend durchfuhr. Ich spürte, dass meine Kindheit vorbei war.

16

5

Nachdem die Nervenärzte deinen Zustand für „nicht mehr korrigierbar" befunden hatten, musstest du innerhalb von zwei Tagen die Spezialklinik verlassen und wurdest in ein Pflegeheim eingeliefert. Man hatte dich aufgegeben und abgeschrieben.
Auf deinen Entlassungspapieren stand unter anderem der Satz:
„Die Patientin hat ein gesundes Herz.
Es ist davon auszugehen, dass der derzeitige Zustand über Jahrzehnte stabil bleiben wird."
Das Versagen einer Kleinstadtärztin im Nachtdienst hatte dazu geführt, dass du in deinem 59. Lebensjahr auf eine Reise in ein Niemandsland geschickt wurdest. Es sollte die längste Reise deines Lebens werden.
Und du solltest niemals davon zurückkehren.

6

Heute ist ein schöner sonniger Herbsttag.
Du mochtest den Herbst. Lieber als den Sommer.
So wie Hilda und ich. Ich bin heute sehr lange im Wald spazieren gegangen.
Da fiel mir plötzlich ein, was Neles Mann gesagt hatte, als er dich in der Neurologischen Klinik besucht hat. Er stand sehr lange an deinem Bett ohne ein Wort zu sagen. Tränen sind über sein Gesicht gelaufen. Dann hat er das Krankenzimmer verlassen und hat sich draußen eine Zigarette angezündet.
Er hat einen tiefen Zug genommen und nur einen einzigen Satz gesagt:
„Es trifft immer die falschen Menschen." Und dann ist er ohne ein weiteres Wort in seinen Wagen gestiegen und davongefahren.
Auch er ist nicht zurückgekommen.
Und dann hat Nele geweint. Lange.

7

Immer häufiger, wenn ich dich in den letzten Jahren besucht habe, bin ich beim Betreten der Zimmer, in denen du in einem Pflegebett gelegen hast, wie zu Eis erstarrt. Ich wollte zu dir hin, dich umarmen und begrüßen. Ich wollte dir von meinem Leben erzählen. Aber so sehr ich mich auch angestrengt habe, ich konnte es nicht. Bei deinem Anblick versagte mir die Stimme.

Viele Jahre lang habe ich in deinem Gesicht nach der Frau gesucht, die meine Mutter ist. Ihr habt beide deinen Namen getragen, aber dein Körper und deine Gesichtszüge waren so verändert. Es war, als hätte sich eine andere Frau deiner bemächtigt. Eine Frau, die mit aufgerissenen Augen minutenlang wirr an die Zimmerdecke starrte. Und dabei unkontrollierte Laute herausstieß.

Nächtelang konnte man sie durch die Zimmerwände hören. Sie stöhnte wie ein verwundetes Tier, das gefangen in einer Falle sitzt und darum brüllt, aus der Gefangenschaft befreit zu werden. Es war seltsam. Und es war unheimlich.

Weil die Frau deine Augen hatte, Mutti.

8

Ich sitze gerade in einem Eiscafé und beobachte die Passanten in der Fußgängerzone. Ich ertappe mich dabei, dass mein Blick immer an einzelnen Frauen hängen bleibt. An Frauen, die in dem Alter sind, in dem du jetzt wärest. Ich studiere verstohlen ihre Gesichter, die ich nur für einen kurzen Moment im Vorbeilaufen erhaschen kann. Manchmal treffen sich unsere Blicke und ich fange an, mir die Lebensgeschichte dieser Frauen auszudenken. Was sie wohl von Beruf gemacht haben und wie ihr Leben verlaufen sein könnte.

Ob sie Kinder und Enkelkinder haben, verwitwet oder geschieden sind.

Und manchmal überkommt mich dann das Gefühl, dass ich diese Frauen hasse. Obwohl ich sie gar nicht kenne. Aber ich hasse sie dafür, dass sie leben dürfen und du nicht. Nur für einen kurzen Moment flackert das heftige Gefühl auf. Dann unterdrücke ich es sofort und habe mich wieder unter Kontrolle.

Seit vierzehn Jahren frage ich mich, warum das passieren konnte, was dir passiert ist.

In dieser Nacht in diesem Krankenhaus.

Ich habe versucht es zu verstehen.

Ich habe Fragen gestellt.

Aber ich habe keine Antworten darauf gefunden.

Es ist ein Verlust, den ich bis heute nicht verarbeitet habe.

Keine von deinen Töchtern. Warum du?

Und warum nicht eine andere Frau?

Warum dürfen andere Menschen glücklich sein und du nicht?

Ich habe so lange und so viel geweint, dass ich jetzt keine Kraft mehr habe zu weinen.

Du bist jeden Tag deines Lebens in ein italienisches Eiscafé gegangen und hast dort eine Tasse Cappuccino getrunken. Es gab keinen besonderen Grund dafür.

Du hast es einfach getan.

Wenn ich dir nahe sein will, dann gehe ich in ein italienisches Eiscafé.

Manchmal stelle ich mir vor, dass die Tür aufgeht und du gleich hereinkommst. Ich ertappe mich dabei, dass ich minutenlang auf die Eingangstür starre.

Wenn ich es nicht mehr aushalte, stehe ich auf und gehe. Auch, wenn ich den Cappuccino noch gar nicht getrunken habe.

9

Ich stelle immer wieder fest, dass ich keine Menschen mag, die in aller Öffentlichkeit ihre Gefühle ausleben. Menschen, die sich nicht unter Kontrolle haben, sind mir zuwider.

Du warst zeitlebens eine beherrschte Frau.

Du hast jede Situation deines Lebens gemeistert, egal, wie es in deinem Innersten aussah.

Und wenn jemand Grund gehabt hätte an seinem Leben zu verzweifeln, dann bist du es gewesen.

Ich habe dein Verhalten zu kopieren gelernt.

Niemals würde ich mich öffentlich gehen lassen.

Ich bin stets gelassen und verhalte mich so, wie man es von mir erwartet. Ich wohnte mit meinem ersten Mann eine Zeit lang an der Grenze zu Tschechien.

Praktisch in Luftlinie zu Prag, wo ich öfter und länger war, als in jeder anderen Großstadt dieser Welt.

Und in diesem Grenzort gab es eine kleine bayerische Bäckerei, in der ich Brot einzukaufen pflegte.

Und einmal, da ist es mir passiert, dass die junge Inhaberin mir beim Brotkauf über das Zählen des Wechselgeldes hinweg etwas um die Ohren gehauen hat.

Obwohl ich diese Person nur als Verkäuferin in dieser Bäckerei kannte, sagte sie zu mir in der übervollen Bäckerei an einem Samstagvormittag:

„Wissen Sie eigentlich, dass sie immer so wahnsinnig unnahbar sind?"

Da ich vorher und nachher in meinem Leben nie wieder etwas Derartiges erlebt habe, blieb mir für einen Moment doch glatt die Sprache weg.

Und dann habe ich an dich denken müssen, Mutti, und habe ohne zu überlegen vor allen Leuten in dieser Bäckerei geantwortet:

„Ich bin wie meine Mutter."

10

Papa hat mich vorhin angerufen. Es geht ihm nicht gut. Er ist einsam und er weiß nichts mit sich anzufangen. Tagelang sitzt er nur vor dem laufenden Fernseher.

Hin und wieder geht er an dein Grab.

Dann macht er den Grabstein sauber. Er pflückt hier und da ein welkes Blatt von den gepflanzten Büschen. Und dann spricht er ein kurzes Gebet.

Anschließend setzt er sich wieder in sein Auto und fährt zurück nach Hause, wo er sich dann wieder vor den Fernseher setzt. Wahrscheinlich verhält er sich so, damit er nicht darüber nachdenken muss, warum du dich unbedingt operieren lassen wolltest.

Obwohl man dir im Krankenhaus gesagt hatte, eine Operation sei in deinem Zustand ein beträchtliches Risiko. Ich sehe dich immer noch in deinem neuen Bademantel auf dem Krankenhausflur stehen und lächeln.

Mit deinem schönen Gesicht, umrahmt von den kastanienbraunen Haaren.

Es sollte das letzte Mal sein, dass du aufrechtstehend ein Gespräch mit jemandem führst.

Ich hatte dich gebeten, die Operation abzusagen.

Aber du hast nur gelächelt und abwehrend mit dem Kopf geschüttelt. Du wolltest dich operieren lassen. Weil du dein Leben nicht mehr wolltest.
Nur wolltest du, dass es gleich ein Ende nimmt.
Nicht erst nach dreizehn Jahren.

Von deinen Freunden und Bekannten ist in den letzten Jahren niemand mehr zu Besuch gekommen.

Auch bei der Trauerfeier in der Grabkapelle auf dem Friedhof war nur eine Handvoll Menschen anwesend, die dir das letzte Geleit gaben.

Es hat geregnet an diesem Nachmittag im Dezember.

Ein feiner Nieselregen.

Papa wollte eine prachtvolle Beerdigung für dich und hat dem Mann vom Bestattungsinstitut weismachen wollen, wir hätten mit hundertfünfzig und mehr Trauergästen zu rechnen. Er hat Trauerkarten und Einladungen verschickt wie ein Weltmeister.

Die wenigen Trauerbriefe, die überhaupt als Antwort zurückkamen, hat er immer und immer wieder gelesen.

Es war, als suchte er etwas in ihnen.

Vielleicht hat er die Antwort auf die Frage gesucht, warum du so jung ein Pflegfall werden musstest.

Ein Antwortbrief war sehr merkwürdig.

Eine Frau, deren Namen ich nicht kannte, schrieb, dass sie eine vergessene Freundin von dir aus Kindheitstagen sei. Und du, Mutti, hättest ihr 1949 eine Puppe geschenkt. Und als Kind der Nachkriegszeit sei dieses Geschenk einer Puppe für die Frau so bedeutsam gewesen, dass sie sich zu deinem Tode nach über sechzig Jahren daran erinnert hatte.

Und sie bedankt sich in diesem Brief noch einmal für die Puppe und schreibt weiter, dass du nie eine Ahnung davon gehabt hättest, was diese Gabe für sie bedeutet habe.

Und aus diesem Grund hat sie anlässlich deiner Beerdigung, von der sie wohl gehört haben musste, aus eigenem Antrieb an die Familie geschrieben.

Warum hast du nie von dieser Frau erzählt?

Es sind so viele Fragen offen, die du nicht beantwortet hast und jetzt nicht mehr beantworten kannst.

Darf man einfach in den Tod gehen und so viele Fragen offenlassen?

12

Hilda fiebert ihrem Tanzkurs-Abschlussball entgegen. Wochenlang ist sie durch Geschäfte in Stuttgart und Karlsruhe getigert, um das passende Cocktailkleid zu finden. Jetzt hat sie endlich ein Kleid gefunden, nun sucht sie dazu passende Schuhe.

Du hast uns Töchtern immer wieder davon erzählt, wie du auf deinem Abschlussball zur Ballkönigin gewählt wurdest.

Mit Papa wurdest du vor deiner Heirat eine strahlende Schützenkönigin.

Dein Mann war viele Jahre lang in geschäftlichen Angelegenheiten ein König. Geld spielte keine Rolle in eurem Leben. Teure Autos, Wochenendhäuser, Designerklamotten. Ein Leben im Luxus, das sich an den Wochenenden in Spielcasinos und teuren Hotels abspielte. Du führtest am Anfang deiner Ehe ein Leben wie eine Märchenprinzessin.

Wenn man eine Mutter hat, die auf der Autobahn des Lebens immer nur auf der Überholspur fährt, wird es für eine Tochter schwierig, beim Tempo mitzuhalten.

Keine von uns konnte mit dir mithalten.

Und du hast auch keine Konkurrentin neben dir geduldet.

Nele hat mir einmal erzählt, dass sie erst angefangen hat, sich die Fußnägel zu lackieren, als du schon Monate im Pflegeheim warst.

Ich bin auf meinem Abschlussball nicht die Ballkönigin geworden.

Du hast beim Verlassen der Tanzschule zu mir gesagt:

„Ach Nore, das macht ja nichts."

Aber ich habe gespürt, dass ich dich enttäuscht hatte.

Wir vier Kinder waren alle eine Enttäuschung für dich.

Nicht nur dein Mann.

Aber du hattest kein Recht dazu, uns das ständig spüren zu lassen, Mama.

Papa und du, ihr habt beide geglaubt, dass das Glück euch bis in alle Ewigkeiten hold bliebe.

Aber dann passierte etwas in eurem Leben, das diese Glückssträhne kappte.

Und von diesem Schlag ins Gesicht solltet ihr beide euch nie wieder erholen. Nicht nur, weil das Geld knapp wurde.

Und die teuren Autos und die Ferienhäuser abgegeben werden mussten.

Ihr hattet keine finanzielle Vorsorge getroffen.

So wie das Geld hereinkam, wurde es mit vollen Händen wieder ausgegeben.

Und wir waren mittlerweile eine große Familie geworden.

Plötzlich hatten wir nie Geld.

Und das Schlimmste daran war, dass es keiner merken durfte.

14

Ich bin gerade aus beruflichen Gründen in der Schweiz. Als ich heute in der Mittagspause in Rheinfelden etwas gegessen habe, bin ich anschließend noch ein wenig in der Altstadt durch die Fußgängerzone geschlendert.

Und dort habe ich eine kleine antiquarische Buchhandlung entdeckt, die im Schaufenster Kinderbücher ausgestellt hatte. Es waren überwiegend Erstausgaben von Erich Kästner und Astrid Lindgren. Der Buchhändler war ein alter Mann mit einem Gesicht, in dem Millionen Furchen und Fältchen eingemeißelt waren, wie in einen alten Stein. Er trat durch eine quietschende Holzeingangstür ins Freie und zündete sich eine selbstgedrehte Zigarette an. Von ihm ging eine große Ruhe aus. Es war ein kleiner Laden, der die letzten Jahrzehnte wohl unbeschadet überstanden hatte, ohne etwas von seiner Identität einzubüßen. Ebenso wie sein Besitzer. Mich überkam ein Gefühl von Heimweh beim Betrachten dieses Schweizer Schaufensters.

In meiner Erinnerung tauchten lange Lesenachmittage im Wohnzimmer auf. Weil wir kein Geld mehr hatten, Bücher zu kaufen, sind wir in die Stadtbücherei gegangen und haben uns Lesefutter geholt. Während du unter deiner Sofadecke verschwunden

warst, habe ich mich durch die Klassiker der Kin-
der- und Jugendliteratur gelesen. Als ich dich im
Alter von zehn Jahren einmal gebeten habe, mir et-
was vorzulesen, hast du mich staunend angesehen.
Und dann nach einer kleinen Weile hast du gesagt:
„Was ist mit deinen Augen, Nore?"
Du warst keine Mutter, die Geschichten vorgelesen
hat.

Sonntags wurde bei uns immer gemeinsam gefrühstückt. Du hast immer großen Wert auf eine schöne Tafel gelegt. Teures Porzellan, ein schönes Tischtuch, Servietten, Kerzen und versilbertes Besteck.

Als Kind weiß man das nicht zu schätzen.

Aber jetzt, in der Mitte des Lebens, sehe ich das mit anderen Augen.

Vielleicht waren diese Sonntagsfrühstücksrituale für dich ein Festhalten an einer Welt, die für dich und uns alle für immer verschwunden war. Und dann bist du verschwunden. Erst jeden Nachmittag unter der Wolldecke auf deinem Sofa. Und dann schließlich in verschiedenen Betten in einer Welt, zu der niemand von uns mehr einen Zugang finden konnte.

Zusammen gefrühstückt haben wir dann nicht mehr.

In der ersten Zeit nach deiner Operation kam es mir manchmal so vor, als wenn du dich an Papa rächen wolltest. Weil er nicht gehalten hatte, was er dir zu Beginn eurer Ehe versprochen hatte. Du wolltest bei dieser Operation gehen.

Und weil das nicht geklappt hat, hast du die Folgen dazu genutzt, auf deine ganz persönliche Art bei uns zu bleiben.

Papa und ich haben nie darüber gesprochen.

Aber ich bin sicher, dass er es als selbstauferlegte Buße angesehen hat, sich die ganzen Jahre um dich zu kümmern. Ohne, dass er sich auch nur ein einziges Mal beklagt hat.

Du hast nicht nur dein Leben mit der Entscheidung für diese Operation vollkommen zerstört. Du hast auch Papas Leben ruiniert.

Es ist die traurige Geschichte einer gescheiterten Ehe.

Oder wie aus Liebe Hass werden kann.

Hättest du nicht einen anderen Weg finden können deine Ehe zu beenden?

Ich habe mich zwei Tage nicht bei dir gemeldet, weil ich beruflich gerade so viel um die Ohren habe.
Heute ist Sonntag. Ich sitze hier auf einem Schweizer Inseli und der Rhein strömt kraftvoll zu meiner rechten und linken Seite vorbei.
An der Spitze auf dieser kleinen entzückenden Insel steht eine Marmorbank.
Auf der sitze ich gerade und lasse mir die warme Oktobersonne ins Gesicht scheinen.
In einiger Entfernung legt gerade ein riesiger Frachter mit viel Getöse an der Kaimauer an.
Sonst herrscht sonntägliche Stille. Und man hört nur den Fluss rauschen und ab und zu das Schlagen einer nah gelegenen Turmuhr.
Vor einigen Jahren habe ich bei einem Aufenthalt in Bayern in Inzell eine Frau kennen gelernt, die einmal zu mir gesagt hat:
„Das was ich brauche, um glücklich zu sein, sind eine Bank und ein gutes Buch."
Zu meinem Erstaunen erfuhr ich später, dass sie mehrere Kinder und einen Ehemann hatte.
Als ich sie fragte, ob ihre Familie nicht auch zu ihrem Glück beitrage, hat sie mich verständnislos angesehen.
Und dann hat sie geantwortet:

„Wie sollte meine Familie zu meinem persönlichen Glück beitragen?"

Wenn ich so an uns als Familie denke, dann stimmt die Aussage dieser Frau.

Viel zum „Miteinander glücklich sein" haben wir Familienmitglieder alle nicht beigetragen.

Schon als Kind habe ich jedes Einzelkind, das ich kennen gelernt habe, heiß und innig darum beneidet, keine Geschwister zu haben.

Ich hatte viel zu viele Schwestern.

Und dabei hatte ich mir immer einen Bruder gewünscht. Und auch du und Papa hattet später nicht mehr wirklich Freude an der großen Kinderschar.

Manchmal habe ich gedacht, dass wir ersten drei Töchter als entzückendes Beiwerk für dein Mutter-Model-Dasein auf die Welt gekommen sind.

Nur als wir aus dem Puppenalter herausgewachsen waren, da hattest du nicht mehr so viel Interesse an uns Kindern.

Mir ist noch deutlich in Erinnerung, dass ich gegen Ende meines ersten Schuljahres einmal mittags nach Hause kam und mich in der Küche auf meinen Platz an den Tisch gesetzt habe, um mit den Hausaufgaben anzufangen.

Du hattest am Abend vorher an einem Klassentreffen deiner Realschule teilgenommen.

Das erste, was nach zwanzig Jahren stattfand.

Und du hattest schlechte Laune. Ohne mich zu begrüßen hantiertest du weiter mit Töpfen und Tellern.

Und dann hast du dich zu mir umgedreht und mir ins Gesicht gebrüllt:

„Meine Schulfreundin Maria hat ihren Doktor in Chemie gemacht. Und sie hat jetzt erst ihr erstes Kind bekommen. Sie hat es richtig gemacht.

Nicht so wie ich."

So bekommt man Schuldgefühle vermittelt, Mama.

Ich weiß, dass du das nicht wolltest.

17

Papa hat allen medizinischen Prognosen zum Trotz immer darauf gehofft, dass du eines Tages wieder aus dem Koma erwachen würdest. Und dass dann sein Leben wieder so verlaufen würde, wie vor der Operation.

Nachmittage lang habe ich mir seine Fantasien angehört, in denen er mir mit seinem entwaffnend kindlichen Gemüt in Einzelheiten beschrieb, wie euer gemeinsames Leben dann aussehen würde.

Ich habe ihm schweigend zugehört.

Stundenlang.

Jahrelang.

Auf Spaziergängen, beim Kaffeetrinken, bei Besuchen im Pflegeheim.

Ich hatte nicht die Kraft ihm zu sagen, dass es vollkommen sinnlos sei, sich Hoffnungen zu machen.

Vielleicht, weil die Angst so deutlich in seiner Stimme mitschwang. Angst vor der Wahrheit.

Angst vor dem Unabänderlichen.

Und die Angst vor deinem Tod. Papa und du.

Ihr beide habt euch euer ganzes Leben lang einfach nicht mit Tatsachen abfinden können.

Schon als Kind habe ich das nicht begreifen können.

Im Alter von elf Jahren kam ich mir in manchen Situationen erwachsener vor als meine eigenen Eltern.

Und es ist so schwierig, ein Kind sein zu dürfen, wenn man kindliche Eltern hat.

Und das ist für ein Kind schlimm, Mama.

Du warst zeitlebens traurig darüber, dass deine Eltern so früh verstorben waren.

Und wenn wir nachmittags miteinander spazieren gingen, zu der Zeit, als du noch nicht unter die Wolldecke gekrochen bist, hast du immer wieder erzählt, wie schlimm dieser Verlust für dich gewesen ist.

Dass dein von dir über alles geliebter Vater im Alter von 58 Jahren an einem nicht operablen Gehirntumor sterben musste. Und deine Mutter ihm nur drei Monate später gefolgt war.

Mit 56. An gebrochenem Herzen.

Und du warst gerade zwanzig Jahre alt.

Ohne Kontakt zu deinem wesentlich älteren Bruder, der nach dem Krieg zur Großmutter gezogen war.

Weil zwischen ihm und eurem Vater unüberbrückbare Differenzen herrschten.

So was kommt vor, hast du gesagt.

Auf jeden Fall standest du plötzlich ziemlich alleine da. Und du kanntest Papa schon.

Was lag also näher, als zu heiraten?

Und du warst auf den Gedanken fixiert, dass du auch nicht älter als 56 oder 58 Jahre alt werden würdest.

„Ich sterbe bestimmt auch einmal sehr früh."
Diesen Satz hast du im Brustton der Überzeugung ausgesprochen.
Immer wieder.
Es war sehr befremdlich, dies von der eigenen Mutter zu hören. Bedeutete es doch in letzter Konsequenz, dass auch ich und die Schwestern plötzlich ziemlich alleine dastehen würden.
Du hast dir keine Gedanken darüber gemacht, was diese Todesvisionen in mir und den Schwestern für Früchte trugen.
Ich hatte nach solchen Spaziergängen mit dir nachts häufig den gleichen Traum.
Ich wanderte mit einem viel zu großen und sehr schweren Koffer über eine einsame Landstraße auf eine große fremde Stadt zu.
Aber ich kam nie auch nur in die Nähe von Häusern oder Menschen. Ich wanderte und wanderte unter großen Mühen immer nur auf dieser Landstraße umher.
Bis ich erwachte.
Erzählt habe ich dir nie von diesen Träumen.

Die Würde eines jeden Menschen ist unantastbar.
So steht es im Grundgesetz.
Aber es stimmt nicht.
Du hast deine Würde verloren, Mama.
Jeden Tag.
Und jedes Jahr.
Bist du keine mehr hattest.
Bist du nur noch ein riesiger aufgeblähter und aufgedunsener Körper warst.
Durch eine Magensonde mit Spezialkost am Leben erhalten.
Du hast selber geatmet.
Dafür musste keine Maschine installiert werden.
Und du hast hin und wieder deine Augen geöffnet.
Du konntest deine Arme und Beine nicht mehr bewegen.
Und ein Arzt hat dir bescheinigt, dass durch den Sauerstoffmangel dein Sehzentrum vollkommen zerstört wurde.
Du warst jahrelang auf die Hilfe von Pflegefachkräften angewiesen.
Jede Minute.
Dreizehn Jahre lang.
Du hast in einem Bett gelegen.
Und du hast geatmet.

Eingeschlossen in eine Hülle, aus der du nicht entfliehen konntest. Nicht in die Welt der Lebenden. Und nicht in die Welt der Toten.

Ob du Papa oder uns Kinder erkannt hast, wenn wir dich besuchen kamen, kann niemand sagen.

Manchmal, wenn ich alleine an deinem Bett saß, hatte ich das Gefühl, dass du meine Stimme erkannt hast.

Für den kurzen Augenblick eines Lidschlages hatte ich dann den Eindruck, du schaust mich direkt an.

Dann driftete dein Blick wirr an die Zimmerdecke und die Nähe zwischen uns wurde zerstört.

Wie ein Schlauchboot, das sich aus der Hand des Besitzers, der das Seil hält, löst und mit rasender Geschwindigkeit auf die offene See hinaustreibt.

Ins Nirgendwo.

Einmal saß ich länger als gewöhnlich an deinem Bett. Die Novembersonne schien so schön in dein Fenster und ihre Strahlen tanzten auf den Buchrücken deiner im Regal stehenden Bücher.

Ich hielt lange deine warme Hand in meiner.

Und sonst war im Zimmer nur das leise Surren der elektrischen Geräte, die deine Spezialmatratze und die Nahrungszufuhr regelten, zu hören.

Du machtest einen ganz ruhigen und entspannten Eindruck.

Es war eine friedliche Stille in deinem Zimmer.

Plötzlich nahm ich etwas wahr, was diese Ruhe zerstörte.
Erst war mir nicht sofort klar, was es war.
Du hattest deine Haltung nicht verändert.
Und du hast auch keinen Laut von dir gegeben.
Ich ließ deine Hand los und lauschte ängstlich auf deine Atemzüge.
Alles war ganz regelmäßig.
Und dann nahm ich den Geruch wahr.
Schockiert saß ich sekundenlang stocksteif
auf meinem Stuhl.
Dann zwang ich mich aufzustehen und nahm vorsichtig ein Ende deiner Bettdecke in meine rechte Hand und schaute darunter.
Du hattest Stuhlgang gelassen.
Eine riesige Menge dunkelbraunen und flüssigen Stuhlgang.
Das ganze Bett war voll.
Du hattest keine Würde mehr, Mama.

50

Als Grundschulkind habe ich mich immer darüber gewundert, dass andere Mütter ihren Kindern beim Abschied an der Tür Regeln und Aufforderungen erteilt haben.

Die Mutter meiner Freundin Sabine beispielsweise hat häufig zu ihr gesagt:

„Denk daran, pünktlich um sechs Uhr zuhause zu sein. Sonst kannst du was erleben."

Erst dann durften wir auf den Spielplatz laufen.

Du hat mir nie gesagt, wann ich wieder zuhause sein sollte.

Du hast mich auch nicht zur Tür gebracht.

Ich weiß noch, dass ich manchmal nachmittags, nachdem ich die Hausaufgaben erledigt hatte, die Türklinke schon in der Hand, vom Flur aus in Richtung Küche gerufen habe:

„Mama, ich gehe jetzt. Wann soll ich denn heute Abend zurück sein?"

Und du hast dann in genervtem Tonfall aus der Küche zurückgerufen:

„Egal, komm einfach wieder nach Hause."

Vielleicht waren wir einfach zu viele Kinder.

Jedenfalls gab es bei uns keine großen Verabschiedungszeremonien.

Nach deiner Operation habe ich mich viele Male von dir verabschiedet.

Und jedes Mal war es ein Abschied für immer.

Bei den über die Jahre verteilten Besuchen in Pflegeheimen und später bei dir zuhause, da habe ich mich immer in dem Bewusstsein von dir verabschiedet, dass es in diesem Moment das letzte Mal sein könnte, dass wir uns sehen.

Doch im Laufe der vielen langen Jahre fielen mir diese Verabschiedungen immer schwerer.

Es war so grotesk, deine Hand zu halten, deine Wange zu streicheln und sich für immer von dir zu verabschieden.

Weil es nicht unwahrscheinlich war, dass ich dich in ein paar Wochen wiedersehen und atmen hören können würde.

Weil keiner wissen konnte, ob du nicht in acht oder zehn Wochen noch genauso im Bett liegen würdest, wie in diesem Moment.

Was wiegt dann so ein Abschied für immer.

Und welche Worte sollten dafür gewählt werden.

Es waren diese ambivalenten Gefühle, die in solchen Augenblicken auf mich einstürmten.

Das Gefühl von Zerrissenheit, das so schwer auszuhalten war.

Zerrissen von dem Wunsch, du mögest endlich für immer aus diesem Zustand befreit werden.

Und dem schlechten Gewissen, der eigenen Mutter den Tod zu wünschen.
Eine Alternative hierzu gab es nicht.
Und ich hatte aufgehört an Wunder zu glauben.
So fielen diese Abschiede sehr unterschiedlich aus.
Eine endlose Reihe von Abschieden.
Und das merkwürdige bei diesen Abschieden war, dass du jetzt nichts mehr sagen konntest, obwohl du es vielleicht gerne getan hättest.

21

Hier im Dreiländereck hat der Herbst richtig Einzug
gehalten.
Gestern bin ich auf einem langen Spaziergang
durch herrlich gefärbte Weinberge auf dem Rückweg im
deutschen Rheinfelden gelandet.
Ich bin an einem kleinen Bachlauf entlanggewandert, dessen Anwohner ihre Gärten zur Wasserseite
hin mit schönen Gartentoren begrenzt haben.
So können diese Menschen Wasser zum Blumengießen schöpfen oder einfach im Sommer im Bach
baden, wenn ihnen danach zumute ist.
Ich musste plötzlich an das schöne Einfamilienhaus
denken, in dem ich meine ersten Lebensjahre verbracht habe.
Wir hatten auch einen Garten, der an einer Seite an
einen kleinen Fluss grenzte.
Und eine meiner frühesten Kindheitserinnerungen
ist, dass ich in dem Fluss mit den beiden großen
Schwestern geschwommen bin.
Wahrscheinlich konnten wir gar nicht richtig in
dem flachen Wasser schwimmen, weil es wohl eher
ein Bach als ein reißender Fluss war.

Und du hättest es wohl sonst auch nicht erlaubt, dass wir drei zusammen mit den Nachbarskindern dort
spielten.
In meiner Erinnerung sind es herrliche unbeschwerte Sommertage.
Allerdings hatten wir natürlich auch Streitereien mit anderen Kindern.
Du erinnerst dich bestimmt.
Einmal hat Nele sogar einen dicken Stein von einer Nachbarstochter an die linke Augenbraue gedonnert bekommen.
Es hat sofort sehr heftig angefangen zu bluten und alle dachten, Nele hätte jetzt nur noch ein Auge.
Papa kam durch unser lautes Geschrei angelockt angelaufen und hat Nele sofort einen Druckverband angelegt.
Dann ist er mit ihr ins Krankenhaus gefahren.
Sie ist dann anschließend die nächsten drei Tage sehr stolz mit ihrem Kopfverband umherspaziert und hat Alexandra, der Verursacherin des ganzen Theaters, heimlich so oft es ging die Zunge herausgestreckt.
Du hast diese endlose Reihe von Sommertagen lesend auf der Gartenterrasse verbracht.
Zu dieser Zeit hast du dich noch gerne ins Licht gesetzt.

Erst Jahre später hast du angefangen, die Dunkelheit zu suchen.
Bist du dann von ihr verschluckt wurdest.

An einem Tag in diesen Jahren stellte ich plötzlich verwundert fest, dass der Van Gogh nicht mehr an seinem Platz an der Wand im Esszimmer hing.
Natürlich war es kein echter Van Gogh, sondern ein Kunstdruck in einem sehr aufwendig gearbeiteten Goldrahmen.
Diese Bild hatte dir jemand zur Hochzeit geschenkt.
Und in unsrer Familie hielt sich das Gerücht, dass es ein Verehrer war, der dich selber gerne geheiratet hätte.
Es waren die Sonnenblumen.
Diese hingen nun in der Speisekammer.
Als ich dich gefragt habe, warum der Kunstdruck verschwunden sei, da hast du kurz geantwortet:
„Es war zu viel Sonne auf dem Bild."
Als ich vor einiger Zeit mit Hilda in Amsterdam war, sind wir ins Van Gogh Museum gegangen.
Beim Betrachten der Exponate ging mir immer dieser Satz von dir im Kopf herum.
Warum war zu viel Sonne auf dem Bild, Mama?

22

Heute jährt sich zum ersten Mal dein Todestag.
Letzte Woche habe ich Hilda spätabends aus Zürich
eine SMS geschrieben.
Es war schon sehr spät und ich wollte ihr nur
schnell einen Gute-Nacht-Gruß schicken.
Die Nachricht bestand nur aus dem kurzen Text:
`Denk an dich, Mutti`.
Am anderen Morgen habe ich gemerkt, dass ich die
SMS versehentlich an Nele geschickt habe.
Gestern haben Nele und ich miteinander telefoniert
und Nele hat gesagt:
„Du, ich dachte zuerst beim Lesen der SMS:
Wie schön, ein Gruß von Mutti aus dem Himmel."

Wenn ich früher mal in Ruhe mit dir reden wollte,
konnte ich das nicht, weil du nie Zeit hattest.
Oder besser gesagt, du warst schon immer belegt.
Von deinem Mann und deiner ältesten und jüngs-
ten Tochter.
Vielleicht wolltest du aber auch gar nicht mit mir
alleine sein.
Weil du Angst vor Kritik hattest.
Oder zu viel Nähe nicht ertragen wolltest.
Man kam nicht an dich heran.
Wir waren zu viele Kinder.

Und du wolltest nicht nur Mutter sein.

Du wolltest auch du selber sein.

Und dafür hat dir der Rest der Familie keinen Freiraum gelassen.

Den hast du dir dann mit Gewalt genommen.

Du bist ins Krankenhaus gegangen, um deine Angelegenheiten zu ordnen.

Du hattest keine Lust mehr auf dein Leben.

Und du wolltest es beenden.

Auf deine Art.

Schlicht.

Es hätte funktionieren können.

Wenn sie dich in dieser Nacht nur hätten sterben lassen. Operation mit tragischem Ausgang.

Aber sie haben dich nicht sterben lassen.

Und dann kam die Zeit nach der Operation.

Da hätte ich mit dir sprechen können.

Dreizehn Jahre lang.

Jeden einzelnen langen Tag.

Und du hättest nicht weglaufen können.

Es war ja auch niemand mehr da, der dich mit Beschlag belegte.

Aber da versagte mir jedes Mal die Stimme, wenn ich an deinem Bett saß.

Und wenn ich heute an deinem Grab stehe, dann geht es mir genauso.

Vielleicht lege ich dir an dem Tag, an dem ich den letzten Brief an dich schreibe, einfach alle Briefe mit ins Grab.

Ich grabe einfach ein Loch und lege sie hinein.

Wo steht geschrieben, dass man seiner toten Mutter keine Briefe mit ins Grab legen darf?

23

Meine berufliche Vertretung in der Schweiz endet
diesen Monat und dann werde ich wieder in Stutt-
gart
arbeiten.
Die Schweiz ist so schön.
Besonders jetzt im Dezember.
Ob man in die Dörfer fährt oder einfach in den Ber-
gen wandert.
Manchmal, wenn ich morgens durch die Straßen
von Basel laufe, dann wünsche ich mir, du könntest
hier bei mir sein.
Es würde dir gefallen hier zu leben.
Allein diese Sprache zu hören.
Manche Schweizer kann man kaum verstehen.
Schon gar nicht, wenn sie schnell sprechen.
Ich jedenfalls nicht.
Ich höre sie gerne miteinander sprechen, wenn sie
diese kehligen Laute hervorstoßen.

Du hast deine Gedanken meistens für dich behalten.
 Vielleicht, weil du meistens in der Rolle des Zuhö-
rers warst.
Es ist aber nicht gut mit dem Reden aufzuhören.

Weil man dann Gefahr läuft zu verstummen.

Wenn man die Gedanken, die man hat, nicht mehr äußert, dann muss man sie aufschreiben, um nicht an ihnen zu ersticken.

Erst wolltest du nicht mehr mit uns reden und dann ließ dein Zustand dir keine Möglichkeit mehr, es zu tun. Wie ist das wohl, wenn man sprechen möchte, aber kein Wort mehr herausbekommt?

Auch darauf kannst du keine Antwort mehr geben, Mama.

Manchmal stand ich stumm vor Verzweiflung an deinem Bett und hatte das Gefühl, dass auch ich plötzlich meine Stimme verloren hätte.

Dann habe ich schnell dein Zimmer verlassen und laut nach Hilda oder Papa gerufen.

Nur um zu testen, ob ich noch eine Stimme habe.

24

Papa hat deine Grabstelle schon vor Wochen winterfest gemacht.

Zu Allerheiligen hat er dir ein schönes Grabgesteck gebracht.

Mich hat es schon als Kind seltsam berührt, wenn an diesem Tag im Jahr Pilgerscharen auf deutsche Friedhöfe stürmten und im Konkurrenzkampf mit den anderen Grabeignern ihre Gestecktrophäen bei den

Verstorbenen ablegten.

Ich mag nur die Einsamkeit und die Stille des Friedhofes.

Und zu Allerheiligen gehe ich niemals auf einen Friedhof.

Erst wenn ich wieder mit dir alleine sein kann, werde ich dich besuchen.

Du hast dein Grab auf einem sehr schönen alten Friedhof bekommen.

Nicht weit entfernt von einer prächtigen Allee uralter Kastanien.

Ich weiß nicht, ob dir das jetzt noch etwas bedeutet.

Aber zu Lebzeiten hätte dir die Aussicht, gerade dort begraben zu sein, sicher gut gefallen.

Als ich noch zur Grundschule ging, haben wir regelmäßig die Gräber deiner Eltern besucht.

Es waren zwei Einzelgräber.

Sie lagen direkt hintereinander.

Und sie waren sehr schlicht und jeweils von einer niedrig gehaltenen Buchsbaumhecke umrahmt.

Du warst bei diesen Besuchen auf dem Friedhof immer sehr still und hast lange für dich gebetet.

Währenddessen habe ich die Grabinschriften auf den Steinen gelesen und überlegt, was sie wohl für Menschen waren.

Diese Großeltern, die ihre Enkelkinder nie kennenlernen konnten.

Weil sie schon tot waren, bevor wir überhaupt auf die Welt gekommen waren.

Ich hatte bei diesen Besuchen immer das Gefühl, dass du von mir erwartetest, dass auch ich still und traurig sein müsste.

Ich bemühte mich auch jedes Mal darum.

Aber ich war nicht traurig.

Wie soll man traurig sein über den Tod zweier Menschen, die man nicht kannte?

Und du hast ja auch kaum etwas von deinem Leben mit deinen Eltern erzählt.

Es war so, als wenn du diesen glücklichen Teil deines Lebens fest in dir verschlossen gehalten hättest.

Aus Angst beim Erzählen davon Gefahr zu laufen, etwas von dem kostbaren Schatz der Erinnerung zu verlieren.

Und wir Kinder gehörten für dich nicht in diesen Teil deines Lebens.

Da du in diesem Leben ja selber das Kind in der Familie warst.

Und manchmal kam es mir so vor, als wenn wir in deinen Augen Schuld daran trugen, dass dein Leben als

behütetes Kind endgültig vorbei war.

Weil wir dich zur Mutter gemacht hatten.

Und du jetzt nicht mehr das unbeschwerte Kind in deiner Familie sein konntest.

Hattest du gehofft, Kinder würden dir dein altes Leben zurückbringen?

25

Heute musste ich daran denken, dass du zu mir
häufig folgenden Satz gesagt hast:
„Du erwartest viel zu viel vom Leben, Nore."
Und während du das gesagt hast, hast du mich mit
einem mitleidigen Blick angesehen.
Schon als junges Mädchen konnte ich das nicht
nachvollziehen.
Ich finde auch heute noch, dass man gar nicht genug vom Leben und von den Menschen erwarten
kann. Auch wenn man dann Gefahr läuft,
enttäuscht zu werden.
Ich hatte schon immer Lust aufs Leben.
Mit sehr wenig Geld in der Tasche habe ich schon
während der letzten Schuljahre mehr Wochenenden in Paris, Hamburg und Berlin verbracht, als in
der kleinen Stadt, in der wir damals lebten.
Und so mache ich es auch heute noch.
Neue Menschen treffen und neue Städte erkunden.
Und das hat dir doch auch am meisten Spaß gemacht.
Du hast mit siebzehn Jahren zu deinen Eltern gesagt, du wolltest mit zwei Freundinnen zusammen
ein paar Tage auf eine Fahrradtour gehen.
Ihr seid dann auch mit euren Fahrrädern losgezo-
gen, aber nur bis zur nächsten Ecke.

Und dort habt ihr dann in einem Schuppen bei einer eingeweihten Freundin eure Fahrräder versteckt.

Dann seid ihr fröhlich als Trio drei Wochen durch Deutschland getrampt.

Im Sommer 1959.

Du hast deinen Eltern aus jeder Stadt eine Postkarte geschickt.

Und immer, wenn du von diesem sagenhaften Sommer erzählt hast, dann hast du sehr glücklich ausgesehen.

Du hattest selber einmal sehr große Erwartungen an dein Leben gestellt.

Nur irgendwann hast du dann damit aufgehört.

Es ist aber nicht gut, wenn man damit aufhört, etwas von seinem Leben zu erwarten, Mama.

Ich werde nicht damit aufhören.

26

Der Winter ist in diesem Jahr sehr früh gekommen und draußen ist alles verschneit.

Die Wintersonne scheint und der Schnee glitzert und funkelt, so als hätte jemand Unmengen von kleinen Diamantsplittern darüber verteilt.

Du bist immer so gerne durch verschneite Winterlandschaften gewandert.

Besonders in Garmisch.

Wie schön wäre es, wenn wir beide jetzt durch den Sonnenschein spazieren könnten.

Manchmal liege ich abends im Bett und male mir vor dem Einschlafen aus, dass du gar nicht gestorben bist. Sondern, dass du nur einfach von uns weggegangen bist.

In ein Leben, das du dir immer erträumt hattest.

Ohne Papa.

Und ohne Kinder und Enkelkinder.

Papa kann sich nicht mit dem Alleinsein abfinden.

Vor ein paar Wochen rief er mich in meinem Büro in Zürich an, um mir mitzuteilen, wie besorgt sein Hausarzt um ihn sei.

Er habe so viel an Gewicht abgenommen und sein Arzt sehe das mit großer Sorge.

Er malte seinen körperlichen Zustand am Telefon sehr dramatisch aus.

Voller Sorge und mit einem zentnerschweren schlechten Gewissen bin ich am darauffolgenden Wochenende stundenlang über die Autobahn gebrettert, um nach ihm zu schauen.

Um dann an der Wohnungstür von einem Vater begrüßt zu werden, der immer noch dreißig Kilo Übergewicht hat.

Nachdem ich meine Überraschung überwunden hatte, habe ich ihn beim Kaffeetrinken auf sein Gewicht
angesprochen.

Er saß mir gegenüber im Wohnzimmer in seinem Sessel und klopfte mit seiner rechten Hand auf seinen Bauch. Und dann hat er gesagt:

„Du siehst das vielleicht nicht, Eleonore.

Aber ich bin momentan sehr geschwächt."

Dann nahm er sich das zweite Stück Sahnetorte vom Kuchenteller, um es in aller Ruhe zu verspeisen.

Das Alter und die Einsamkeit.

Du wolltest nicht mit deinem Mann alt werden.

Und du wolltest mit ihm auch keine Sahnetorte mehr zusammen essen.

Du hast einfach aufgegeben und bist abgetaucht.

27

Morgen hat Hilda Geburtstag.

Sie wird sechzehn Jahre alt.

Und sie möchte am Wochenende eine Riesenparty mit ihren Klassenkameraden feiern.

Du hast nur Hildas zweiten Geburtstag mit uns zusammen gefeiert.

Es war ein sehr netter Nachmittag mit vielen Kleinkindern und ihren Müttern, die wir alle in der Krabbelgruppe kennengelernt hatten.

Du hattest so viel Freude an dem ganzen Kindergeschrei und dem Gedudel der Kleinkinderlieder aus der Stereoanlage, dass es mir so vorkam, als seist du die Mutter von Hilda und nicht ihre Großmutter.

Immer, wenn eins der Kinder Mama rief, da flog dein Kopf in die Richtung, aus der der Ruf kam.

Du hast so glücklich an diesem Nachmittag ausgesehen.

Und mit Anne war es auch so.

Kaum, dass Ellen mit Anne aus dem Krankenhaus zurückkam, da warst du zur Stelle.

Es gibt mehr Fotos von dir und deinem zweiten Enkelkind, als von Anne und ihrer Mutter.

Du hattest mit dem Enkelkind, das vom Tag seiner

Geburt an mit dir und Papa unter einem Dach wohnte, wieder eine Aufgabe, die dir Freude bereitet hat.

Es gab für dich morgens plötzlich wieder einen Grund aufzustehen und aus dem Haus zu gehen.

Du hast Ellen die Kinderpflege und Erziehung ihrer Tochter vollkommen aus der Hand genommen.

So konnte Ellen wieder arbeiten gehen und die Enkeltochter war versorgt.

Ich hätte das nicht zugelassen, Mutti.

Hilda ist meine Tochter.

Und selbst wenn wir mit euch im Haus zusammengewohnt hätten, hätte ich mich selber um meine Tochter gekümmert.

Und gerade weil du so viel Freude am Umgang mit Anne hattest, habe ich nicht verstanden, warum du dann trotzdem ins Krankenhaus gegangen bist.

Für Anne und Hilda bist du die schlafende Oma gewesen.

Wenn andere Kinder im Kindergarten und in der Grundschule davon erzählt haben, was sie am Wochenende mit der Familie und den Großeltern unternommen haben, dann konnten deine beiden Enkelkinder höchstens davon berichten, dass sie die schlafende Oma
besucht haben.

Das hat anfangs bei Leuten, die unsere Geschichte nicht kannten, zur Erheiterung beigetragen.

Als sie dann erfuhren, was es mit dem Dauerschlaf der Großmutter auf sich hatte, wich die Erheiterung peinlicher Stille.

Von einer Oma, die im Koma lag, wollten die Leute nichts wissen.

28

Ich habe ein paar Tage Urlaub genommen, um in Ruhe Weihnachtsgeschenke einkaufen zu können.
Du hast für solche Anlässe immer Listen geschrieben. Handgeschriebene Einkaufslisten für das Wochenende. Einkaufslisten für die Weihnachtsfeiertage.
Und Einkaufslisten für eigene Wünsche, die du hattest.
Ich habe noch aus Kindertagen das Bild vor Augen, wie du nachmittags im Wohnzimmer an deinem Sekretär gesessen und solche Listen geschrieben hast.
Du notiertest die jeweiligen Lebensmittel oder Gegenstände und dahinter die von dir geschätzte Angabe, was es kosten würde.
Und unten auf der Liste stand die Summe, die sich aus der Addition der Posten ergeben hatte.
Ich habe zwei solcher Listen gefunden.
Zufällig.
Vor drei Monaten, als ich Papa beim Umzug geholfen habe.

Sie steckten in zwei Büchern, die ich aus den Bücherregalen in deinem Zimmer nahm, um sie dann in die

Bücherkisten zu packen.
Beim Durchblättern der Romane fielen sie heraus.
Es war merkwürdig deine Handschrift auf einem nichtssagenden weißen Blatt Papier zu lesen und in der Hand zu halten.
Die eine Liste steckte in den *Buddenbrooks* und die andere in *Gruppenbild mit Dame.*
Sie waren alle noch mit D-Mark Angaben vermerkt.
Der Euro wurde ja erst eingeführt, als du keine Listen mehr schreiben konntest.
Die *Buddenbrooks* hüteten jahrelang eine Wunschliste zur Neugestaltung deines Wohnzimmers.
Da waren Wandteller aufgeführt, eine neue Sitzgruppe, Bücherschränke, Lampen und Teppiche.
Eine Weihnachtseinkaufsliste für Lebensmittel steckte zwischen den Seiten 33 und 34 in
Gruppenbild mit Dame.

Vielleicht hat dir beim Lesen des Romans von Thomas Mann plötzlich dein eigenes Wohnzimmer nicht mehr gefallen.
Vielleicht hast du Vergleiche gezogen zwischen dem Leben der fiktiven wohlhabenden Kaufmannsfamilie und deinem eigenen.
Ich habe Papa die beiden Listen gezeigt.
Er hat gelacht und gesagt:

„Ach, schmeiß das alte Zeug doch einfach weg. Was sollen wir damit machen?"

Ich habe die Listen aber nicht weggeschmissen.

Ich habe sie mit nach Hause genommen.

Und den Mann und den Böll auch.

Die Wunschliste und die Einkaufsliste stecken jetzt wieder da, wo du sie hingetan hast.

Nur, dass die beiden Bücher jetzt in einem Bücherschrank im Schwarzwald stehen und nicht mehr in deinem Zimmer auf deinem Regal.

Es ist nichts mehr da.

Dein Bücherregal nicht, dein Zimmer nicht, dein Haus nicht.

Es ist manchmal so, als wenn es dich nicht gegeben hätte.

Letzte Nacht konnte ich nicht schlafen.

Stundenlang habe ich mich wach im Bett von einer Seite auf die andere gewälzt.

Schließlich bin ich aufgestanden.

Ohne Licht zu machen, bin ich an den Bücherschrank getreten und habe irgendein Buch herausgefischt.

Wieder im Bett habe ich die Nachttischlampe angeknipst und das Buch aufgeschlagen.

Dabei ist ein Zettel herausgefallen.

Und da warst du plötzlich ganz gegenwärtig, Mama.

29

Heute schneit es schon den ganzen Tag lang.
Gestern waren wir am Abend bei Hildas
Weihnachtskonzert.
Sie spielt jetzt schon einige Jahre im
Schulorchester mit.
Ein junger Mann, der im Chor mitsang, ist plötzlich
während des Konzertes einfach der Länge nach auf
den Kirchenboden geschlagen.
Da gab es einen großen Aufruhr.
Sofort rannte ein Vater, offensichtlich ein Arzt, nach
vorne, um nach dem jungen Mann zu schauen.
Er wurde dann versorgt und hinausbegleitet.
Insgesamt mussten die Musiker und Sänger eine
halbe Stunde lang unterbrechen und nach diesem
Vorfall war die weihnachtliche Stimmung in der
Klosterkirche wie weggeblasen.
Es war sowieso ein mageres Konzert.
Den Chor hat man nicht mehr verstanden,
wenn die Bläser zum Einsatz kamen und die Geigen
hatten offensichtlich unterschiedliche Noten, jeden-
falls hörte es sich streckenweise so an.
Und als wir endlich alle wieder im Auto saßen, um
nach Hause zu fahren, haben Hilda und ich beinahe

noch Streit bekommen, weil ich sie darauf hinge-
wiesen habe, dass sie beim Spielen besser auf ihre
Körperhaltung achten solle.
Sie sitzt immer so krumm da und lässt die
Schultern hängen.
Hilda beschwerte sich dann ihrerseits bei mir und
meinte, dass ich mir gar nichts aus ihrem
Trompetenspiel machen würde.
Weil ich immer nur an ihr herumkritisieren würde.
Vielleicht ist an den Vorwürfen auch wirklich etwas
dran.
Vielleicht bin ich immer zu streng mit dem Kind.
Ich lobe sie nicht.
Und ich bewundere sie auch nicht.
Ich zwinge sie Klavierunterricht zu nehmen.
Und sie darf nicht mit dem
Trompetenunterricht
aufhören.
Du hast uns nicht dazu angehalten,
ein Instrument zu lernen.
Es war dir nicht wichtig.
Aber nicht, weil Musik dich nicht interessiert hätte.
Du hast einmal erzählt, dass deine Oma väterlicher-
seits in Oberschlesien immer zuhause zusammen
mit deinem Vater musiziert habe.
Dein Vater hat Klavier gespielt und deine Großmut-
ter Klarinette.

Du hast nur ein paar Jahre dort mit deinen Eltern
verbracht.
Dann wurde dein Vater in den Krieg eingezogen
und du bist mit deiner Mutter im letzten Zug
vor den Russen
in den Westen geflohen.
Später in Hagen bei deiner Großmutter
mütterlicherseits, bei der ihr Unterschlupf gefunden habt, wurde dann nicht mehr musiziert.
Dein Vater weigerte sich Klavier zu spielen.
Vielleicht, weil ihn die Erinnerung an die Heimat
und den Verlust des elterlichen Anwesens
zu sehr schmerzte.
Vielleicht waren aber auch traumatische Kriegser-
lebnisse der Grund für sein Verhalten.
Klärchen, wie du deine Mutter liebevoll genannt
hast, hatte dir zur Geburt einen rot getigerten
Kater geschenkt.
Der ist bei der Oma in Oberschlesien geblieben.
Die hatte sich geweigert vor den Russen zu fliehen.
Die Oma, der Kater, das Klavier und die Klarinette
sind dann verloren gegangen.
Das hat deinen Vater hart gemacht.
Einmal hast du davon gesprochen.
Dann nie mehr wieder.
Irgendwie wiederholt sich alles.
Nur auf andere Weise.

Dein Vater verlor die Mutter.
Du hast deine Eltern verloren.
Wir haben dich verloren. Tag für Tag.
Immer ein bisschen mehr.

30

Gerade saß ich noch am Frühstückstisch und mein Blick fiel auf die vor mir stehende Kaffeetasse meines neu
erworbenen Porzellanservices.
Es ist ein Kaffeeservice von Rosenthal.
Weißes feines Porzellan.
Ich liebe Porzellan.
Immer, wenn ich mich mal schlecht fühle, dann gehe ich in ein Porzellangeschäft und kaufe mir ein neues Kaffeegedeck oder eine schöne Zuckerdose.
Manchmal reicht auch schon ein versilberter Kaffeelöffel.
Dann geht es mir sofort wieder besser.
Das habe ich wohl von dir geerbt.
Die Liebe zu schönen Dingen.
Und besonders zu feinem Porzellan.
Jedenfalls erinnerte mich die Tasse plötzlich an das Kaffeeservice von Thomas, das du zur Kommunionsfeier von Elisabeth gekauft hattest.

Ich habe gerade über eine Stunde in den alten Fotoalben nach dem Foto von der Kommunionsfeier gesucht.

Ich wusste, dass es noch ein einziges Schwarzweiß-
foto gibt, auf dem dieses Kaffeegeschirr zu sehen
ist.

Und ich habe es gefunden.

Du sitzt sehr elegant angezogen neben Großtante
Martha und Großtante Maria im Esszimmer an ei-
ner sehr langen Tafel und vor euch stehen die neuen
Kaffeegedecke.

Elisabeth hat von dir zu ihrem achtzehnten Geburtstag ein wunderschönes Kaffeeservice von Vil-
leroy und Boch geschenkt bekommen.

Ich habe sie damals sehr darum beneidet, denn ich
besaß zu der Zeit noch kein eigenes Porzellan.

Als du schon ein Jahr im Koma lagst, da kam Elisabeth einmal überraschend zu Besuch zu uns.

Hilda war noch nicht drei Jahre alt und lief vor
Freude jubelnd über den spontanen Besuch durchs
Haus.

Sie war absolut närrisch in Bezug auf ihre Tante.

Im Gepäck hatte Elisabeth zwei sehr große Koffer.

Sie stellte sie sofort im Gästezimmer ab, in dem sie
die nächsten Tage übernachten sollte.

Und aus diesen Koffern holte sie zu meiner
Überraschung vor ihrer Abfahrt dieses Kaffeegeschirr heraus, das sie sehr sorgfältig in hunderte
von Zeitungsseiten eingeschlagen hatte.

Sie packte jede Tasse und jeden Teller selber aus und als es komplett vor uns auf dem Esszimmertisch stand, da hat Elisabeth mich angeschaut und gesagt:

„Dieses Kaffeegeschirr hat mir nie gefallen.
Nimm du es, wenn du magst."
Ich habe Elisabeth ungläubig angeschaut und gesagt:

„Aber du hattest dich doch damals so über das Geschenk von Mama gefreut.
Es ist doch ein Andenken. Warum willst du es jetzt nicht mehr haben?"
Elisabeth nahm Hilda, die zu ihren Füßen saß und spielte, auf den Schoß und dann antwortete sie nach einigem Zögern:

„Mama liebte schönes Porzellan. Sie hätte es nicht verstanden, wenn ich mich nicht gefreut hätte."
Auch deine Tochter Elisabeth hat sich erst getraut, ihr eigenes Leben zu leben, als du schon in einem Pflegebett verschwunden warst, Mama.

31

In ein paar Tagen ist Heiligabend.
Ich habe schon die Holzfußböden geschrubbt bis sie
anfingen zu glänzen.
Und die ganze Wohnung mit Tannenzweigen
geschmückt und überall Weihnachtsengel mit roten
Kerzen aufgestellt.
Es ist so schade, dass du nicht mit uns Weihnachten
feiern kannst.
In der Wohnung duftet es nach den frisch geschnit-
tenen Zweigen und draußen liegt der Schnee meter-
hoch.
Auf den Straßen laufen die Menschen in hektischer
Betriebsamkeit umher, weil jeder schnell noch Geschenke besorgen oder jemandem eine kleine Weih-
nachtsfreude vor die Tür stellen möchte.
Du hast uns in der Vorweihnachtszeit hin und wieder erzählt, dass dein Vater bei euch zuhause am
Heiligen Abend immer zuerst die Weihnachtsgeschichte
vorgelesen hat.

Dann habt ihr drei miteinander gesungen und
anschließend wurde am festlich gedeckten Tisch zu
Abend gegessen.
Später am Abend fand dann die Bescherung statt.

Wenn du uns den Weihnachtsabend in deiner Familie geschildert hast, dann haben deine Augen immer einen traurigen und sehnsuchtsvollen Ausdruck bekommen. Zusammen mit uns am Heiligabend hast du selten
wirklich glücklich ausgesehen.
Papa hatte keine Lust sich die Weihnachtsgeschichte anzuhören.
Wir gingen alle zusammen ins Wohnzimmer, in dem der festlich geschmückte Tannenbaum stand, und hörten uns zwei Weihnachtslieder auf dem Plattenspieler an. Anschließend packte jeder an seinem Platz seine Weihnachtsgeschenke aus.
Dann wurde gemeinsam gegessen.
Und dann wurde von Papa der Fernseher eingeschaltet.
Im Prinzip war Weihnachten nach einer Stunde vorbei. Du und ein, zwei von uns Töchtern gingen manchmal später am Abend in die Christmette.

Schon kurz nach dem Tod deiner Eltern, beim ersten Weihnachtsfest mit deinen künftigen Schwiegereltern, wurde dir bewusst, dass du dich in dieser Kaufmannsfamilie nicht heimisch fühlen würdest.
Das hast du ebenfalls mal erzählt.
Da wurde auch unter dem Tannenbaum nur über Geld geredet.

Für die Geburt des Erlösers zu danken hatte deine
neue Familie keine Zeit.
Du bist in diese Familie irrtümlicherweise
hineingerutscht und stecken geblieben.
Bis der Tod euch scheidet.
Nur hatte dein Mann zeitlebens eine unverwüstli-
che Konstitution.

An seinen vorzeitigen natürlichen Tod, der das
Problem pietätvoll für dich gelöst hätte,
konntest du nicht ernsthaft glauben.
Und als dann auch noch die Strahlen des Glücks ab-
rupt aufhörten über dir zu leuchten, da hast du das
Licht nicht mehr ertragen, das deine Wirklichkeit
erbarmungslos erhellte.
So hast du angefangen, die Dunkelheit zu suchen,
Mama.

Da durch den Sauerstoffmangel deine Gehirnzellen
starben wurde in der Folge hiervon auch dein
Sehzentrum vollkommen zerstört.
Du warst die letzten dreizehn Jahre deines Lebens
blind.
Nachdem du Jahre vor dieser Operation Tag für
Tag dem Licht entflohen bist, warst du von einem
Moment zum anderen bis zu deinem Tod von abso-
luter

Finsternis umgeben.

Ohne den Hauch einer Chance, jemals daraus befreit werden zu können.

Ausgerechnet du.

Du, die sich im Frühsommer an den grünen Wiesen im Bergland nicht sattsehen konnte.

Oder nicht vom Anblick der Ostsee losreißen konnte, wenn wir nach den drei Wochen Sommerurlaub wieder nach Hause fuhren.

Du hast jedes Mal im Auto zu uns Kindern gesagt: „Jetzt nehmt euch noch ein Auge voll mit."

Als Kind habe ich das nicht verstanden und fand diesen Satz so albern.

Ich habe mich immer gefragt, wie man sich denn ein Auge voll vom Anblick der träge dahin treibenden Ostsee mitnehmen soll?

Als du angefangen hattest, mit offenen Augen wirr an die Zimmerdecke zu starren, und ich an deinem Bett stehend auf deine weit aufgerissenen Augen geschaut habe, dann musste ich manchmal an diesen Satz

von dir denken.

Vielleicht waren diese weitaufgerissenen Augen von dir ja dein verzweifelter Versuch, wieder ein Auge voll von allem, was um dich herum passierte, mitnehmen zu können.

Es ist schrecklich sich dies vorzustellen.

Auch jetzt noch, nachdem du deine Augen für immer geschlossen hast.

32

Heute ist der Neujahrstag.

Ich mochte den ersten Tag des Jahres noch nie.

Obwohl es nur ein Datum im Kalender ist, wird diesem Tag, der dem Jahreswechsel folgt,

viel zu viel Bedeutung beigemessen.

Jedenfalls in meinen Augen.

Eine meiner Schweizer Kolleginnen hat mit schon im September erzählt, dass sie Silvester mit dem Rauchen aufhören wolle.

Jedes Mal, wenn wir in der Kaffeepause einen Kaffee zusammen tranken und sie sich eine neue Marlboro angezündet hatte, um dann anschließend sehr tief zu inhalieren, hat sie mir unaufgefordert versichert, ihrem

Laster ein Ende setzen zu wollen.

Ich bin mir sicher, dass dieser Vorsatz spätestens in zwei Wochen sein Ende finden wird, einfach weil diese Kollegin für ihr Leben gern raucht.

Warum die Leute sich zum Jahresende unbedingt im Beisein von vielen anderen Leuten immer von ihren Vorlieben oder Macken trennen wollen, habe ich nie verstanden.

Die letzte Zigarette, das letzte Bier, der letzte Schokoladenriegel, der letzte Mann.

Es ist so albern.

Weil genau diese Leute einem wochenlangmit mit ihrem Gerede von ihrer bevorstehenden Entsagung auf die Nerven gehen, um einem ab März in der Kaffeepause davon zu erzählen, dass sie ohne Mann, Bier,

Zigarette und Schokolade gar keinen Sinn mehr in ihrem Leben sehen.

Du warst kein Genussmensch.

Du hast nicht geraucht.

Keinen Alkohol getrunken, wenn man von einem sehr gepflegten Glas Rotwein hin und wieder absieht.

Mit Schokolade konnte man dir keine Freude machen und mit einem neuen Mann auch nicht.

Du hast dich hin und wieder über deine Schwägerin mokiert, die, lange nachdem ihre eigenen Kinder schon

erwachsen waren, anfing zu rauchen.

Diese Schwägerin hat gerne gegessen, getrunken, ist häufig und lange in den Urlaub gefahren, hat sehr viel Geld für Kleidung ausgegeben, bei Männern war

sie sicher nicht wählerisch, und dann fing sie auch noch an zu rauchen.

Genuss sofort und jederzeit.

Du hast dich darüber mokiert, weil dir dies Verhalten primitiv erschien.

Da unsere Tante Elvira bis auf den heutigen Tag quicklebendig ist und es auch nicht den Anschein hat, dass sich dieser Zustand in den nächsten Monaten ändern wird, kann man wohl davon ausgehen, dass diese Tante immer noch mehr isst als für sie gut ist, und raucht und trinkt und andere Dinge treibt.

Da du im Unterschied zu ihr schon tot bist und dreizehn Jahre lang keine Möglichkeit mehr hattest, zu rauchen oder Schokolade zu essen, selbst wenn du gewollt hättest, ist wohl davon auszugehen, dass diese Tante mehr vom Leben hat und hatte als du.

Jedenfalls quantitativ gesehen.

Eine Tatsache, die deine Schwägerin nicht weiter berühren würde, wenn man sie ihr aufzeigte und dir

egal sein kann.

Heute.

So oder so.

Einen guten Kaffee oder eine Tasse Cappuccino hast du täglich genossen.

Dafür hast du dir immer Zeit genommen.

Das ist jetzt schon lange vorbei.

Ich wünsche mir manchmal so sehr, nur noch einmal eine Tasse Kaffee mit dir zusammen trinken zu können, um dir all die Fragen stellen zu können, die mir auf der Seele brennen.

Eins muss man Tante Elvira lassen: Sie hat ihr Leben irgendwann selber in die Hand genommen.

Und du hast das nicht.

Du hast dich hinter Papa und unter der Wolldecke vor dem Leben versteckt.

33

Manchmal, wenn ich in den letzten Jahren zu Besuch bei Papa war und in der Stadt frisch gemahlenen Kaffee im Kaffeehaus Danne gekauft habe, dann habe ich
später in deinem Haus beim Zubereiten des Kaffees absichtlich die Küchentür aufgemacht, damit der Duft des frischen Kaffees zu dir in dein Zimmer hochziehen konnte.
Während das Wasser durch den Filter der Kaffeemaschine brummte, bin ich zu dir ins Zimmer gegangen und an dein Bett getreten.
Erinnerst du dich?
Und dann habe ich zu dir gesagt:
„Also Mutti, der Kaffee läuft durch die Kaffeemaschine. Jetzt steh endlich auf und komm runter ins Esszimmer.
Wir wollen gleich zusammen Kaffee trinken.
Und beeil dich, bitte."

Und dann bin ich schnell wieder hinausgegangen und habe mich dabei ertappt, wie ich mich an der Zimmertür umgedreht habe, mit der bizarren Hoffnung im Herzen, dass du wirklich im nächsten Moment Anstalten

machen würdest, aus deinem Bett aufzustehen um nach unten zu kommen.
Aber du bist nicht aufgestanden.

Als ich noch klein war, hast du manchmal das Kaffeepäckchen mit dem frisch gemahlenen Kaffee aufgemacht und daran geschnuppert und dann hast du mich angeschaut und gesagt:
„Ach Nore, frisch gemahlener Kaffee
duftet so herrlich."
Und dabei hast du über das ganze Gesicht gestrahlt.
Du hast so schön dabei ausgesehen.
Du hättest Zeit deines Lebens strahlen können.
Vielleicht wäre dein Leben ganz anders verlaufen, wenn du dir von deiner eigenen Mutter nicht den Mann hättest ausreden lassen, der dich für den Rest seines Lebens auf Händen getragen hätte.
Der Mann, der dich auch drei Jahre nach deiner Hochzeit täglich angerufen hat, um dich zu bitten, deinen Ehemann zu verlassen.
Der dich mit den Kindern eines anderen Mannes geheiratet hätte, wenn du ihn nur gelassen hättest.
Und den du einmal heiraten wolltest.
Deine Mutter hat etwas getan, was eine Mutter nicht tun sollte.
Sie hat ihrer Tochter einen schlechten Rat gegeben.

Und da du immer auf deine Eltern gehört hast, hast du auch diesen Rat von ihr befolgt.

Sie hat dir diesen Mann ausgeredet, weil sie ihm gegenüber Minderwertigkeitskomplexe verspürt hatte.

Ein intellektueller, feinsinniger Schöngeist.

Dem hat sie die Tür vor der Nase zugeschlagen und anschließend ist sie deinem Vater ins Grab gefolgt.

Menschen tun solche Dinge.

Sie machen es nicht aus einer bösen Absicht heraus.

Es passiert, weil sie selber Ängste und Komplexe haben.

Nur ist es leider so, dass die beste Absicht im Nachhinein betrachtet nicht gut für dich war, Mutti.

Und fast vierzig Jahre später ist dieser Schöngeist plötzlich in das Haus gezogen, was neben deinem Haus steht.

Er wollte wieder in deiner Nähe sein.

Er wurde dein Nachbar.

Grundstück an Grundstück.

Irgendwie wollte er wohl mit dir zusammen alt werden.

Nur du warst zu dieser Zeit schon auf einer sehr langen Reise.

Das konnte er nicht wissen.

Der Makler hatte ihm nur den Namen seiner neuen Nachbarn genannt.

Und dass die Frau des Hauses im Moment nicht da sei. Das reichte für ihn aus, das Haus zu kaufen.

Später erfuhr er, warum du nicht in dein Haus zurückkehrtest.

Er war der Mann, der im Pflegeheim die Altenpflegerin bestochen hat, damit sie der Familie nichts von seinen Besuchen an deinem Bett erzählte.

Und diese nannte ihm die Zeiten, zu denen er ungesehen kommen konnte.

Für ein bisschen Zigarettengeld extra erkaufte er sich das Zusammensein mit dir, dass er sich Jahrzehnte

vorher erträumt hatte.

Er muss hunderte Stunden an deinem Bett gesessen haben, Mama.

Bis alles aufgeflogen ist, weil Papa einmal zu einer anderen Tageszeit überraschend zu Besuch zu dir gekommen ist.

Und dann eines Tages hat er das Haus wieder verkauft und ist verschwunden.

Später hat man sein Auto auf einem Parkplatz gefunden, nicht weit von einem großen Stausee entfernt.

Seine Leiche fand die Polizei erst Monate später.

Er wollte auch nicht mehr zurückkommen, Mutti, so wie du.

34

Gerade komme ich aus unserem Häuschen zurück.
Das Haus, das ich vor zwei Jahren zusammen mit
Siegbert gekauft habe.
Du hast Siegbert nicht mehr kennenlernen können,
Mama.
Ich habe ihn erst getroffen, als du schon deine Reise
angetreten hattest.
Das kleine alte Haus steht unter Denkmalschutz
und hat zuletzt einer Künstlerin gehört.
Es muss von Grund auf renoviert werden und steht
direkt an einem herrlichen Park, durch den sich ein
kleiner Bach schlängelt.
Die Küche hat eine angebaute Loggia.
Immer wenn ich in dieser Loggia sitze und eine
Tasse Kaffee trinke, dann muss ich an einen Roman
von
Virginia Woolf denken:
Die Fahrt zum Leuchtturm.
Erinnerst du dich? Wir haben ihn beide gelesen.

Und wir mochten ihn beide gleich gern.
Als ich das erste Mal das Haus betreten habe, hatte
ich sofort die Beschreibung des Ferienhauses von
Woolf vor Augen.

Das Häuschen ist absolut phantastisch und wir haben wirklich Glück gehabt, dass es uns niemand vor der Nase weggeschnappt hat.
Denn es gab sehr viele Interessenten.

Erinnerst du dich, wie du einmal von deinem Traumhaus gesprochen hast?
Es war schon in der Zeit, als du keine Wochenendhäuser und große Autos mehr besaßest.
Wir waren beide ausnahmsweise mal alleine zu Fuß unterwegs und du fingst ganz unvermittelt an, mir von diesem Haus zu erzählen.
Es sollte direkt an einem großen Wald stehen und über ein Walmdach und Butzenscheiben verfügen.

Mit großem Entrée und schwerer Haustür aus Holz mit einem darin eigelassenen Messingklopfer.
Mit einem großen offenen Kamin im Wohnzimmer und einem Kachelofen im Salon, der mit lindgrünen Tapeten ausgestattet werden sollte.
Jedes Kinderzimmer sollte eine Verbindungstür zum jeweils dahinter liegenden Badezimmer haben.
Und du wolltest gerne ein Schweizer Stübchen haben, das rundherum mit deckenhoher Wandholzvertäfelung ausgestattet sein sollte.

Für alte Häuser hast du dich nicht interessiert.
Die von dir und Papa gemieteten Häuser waren alle
neu gebaut.
Ebenso die Ferien- und Wochenendhäuser.
Sie alle waren riesig.
So habe ich es in Erinnerung.
Riesige Häuser, in denen immer auch viele fremde
Menschen unsere Gäste waren.

Viel später wohnten wir dann in einem kleinen
Haus mit einem sehr kleinen Garten.
Ohne Gäste, die kamen und gingen.
In den kleinen Vorgarten hast du Büsche, Tannen
und Birken gepflanzt, die schnell wuchsen.
Sie wurden im Laufe der Jahre zu einem Dickicht,
der den Fenstern nach vorne raus das Licht nahm.
Aber du hast die Bäume und Sträucher nicht
schneiden lassen.
Du wolltest es so haben.
Vielleicht waren diese riesigen Bäume in dem klei-
nen Vorgarten ja auch ein Ersatz für den Waldrand,
an dem dein Traumhaus stehen sollte.
Vielleicht war es aber auch deine Absicht, das Haus
von der Straße aus uneinsehbar zu machen.
Vielleicht hattest du gedacht, dass wenn kein Haus
zu sehen wäre, dass es dann fast so sei, als lebte da
gar keine Familie.

War es so, Mutti?

Wenn gar kein Haus hinter dem Wäldchen im Vorgarten gestanden hätte, dann wärest du auch nicht gezwungen gewesen, in diesem Haus ein Leben zu

leben, das du gar nicht leben wolltest.

Die Wolldecke auf deinem kleinen Sofa, die irrsinnig hohen Bäume vor dem Haus, sie haben dir Schutz gegeben.

Sie waren ein gutes Versteck.

Vielleicht hatte ich an meinem zehnten Geburtstag deswegen dieses eigenartige Gefühl beim Verstecken-Spielen.

Vielleicht habe ich unvermittelt verstanden, dass es gar kein Spiel für Kinder ist, die sich auf einem Kindergeburtstag damit die Zeit vertreiben.

Sondern eigentlich ein Spiel für Erwachsene.

Ein Spiel, das in der Welt der Erwachsenen grausame Dimensionen annehmen kann.

35

In vier Tagen jährt sich dein Geburtstag.
Du hast jedes Jahr vor deinem Wiegenfest gesagt,
dass du dich um dieses Datum herum innerlich
vom Winter verabschiedest.
Es ist Ende Januar.
Die Tage werden schon spürbar länger.
Es dunkelt abends nicht mehr so früh und die ers-
ten Frühlingsboten tauchen auch schon aus dem
spärlichen Schnee auf.
Hier und da sieht man Schneeglöckchen in den Gär-
ten blühen und erste Tulpen.
Wir haben in diesem Jahr einen außergewöhnlich
milden Winter, obwohl wir im tiefsten Schwarz-
wald leben. Und in Nordamerika kämpfen die
Menschen momentan mit Minusgraden bis zu vier-
zig Grad.
So wird es in den Fernsehnachrichten und in der
Presse berichtet.

Bei uns bleiben die Touristen aus, weil der Schnee
fehlt und man nicht Skilaufen kann.
Sehr zum Verdruss vieler Hoteliers.
Und in Amerika kommen Menschen um, weil sie
auf
einen derart harten Winter nicht eingestellt sind.

Du bist immer gerne in den Skiurlaub in die Berge gefahren.

Einmal waren wir beide alleine drei Wochen zusammen in Garmisch-Patenkirchen.

Erinnerst du dich, Mutti?

Es muss 1973 gewesen sein.

Die großen Schwestern mussten schon zur Schule und konnten nicht mitfahren.

Du warst zur Ambulanten Kur dort.

Für dich war es Erholung pur, jedenfalls hast du das damals gesagt.

Wenn du keine Anwendungen hattest, dann hast du mich bei Fräulein Gutballett abgeholt, die in dem Hotel, in dem wir wohnten, als Erzieherin angestellt war.

Und die auf mich und andere Kinder aufpasste, wenn unsere Eltern verhindert waren.

Weil sie in Schönheitssalons waren oder sich auf der Skipiste tummelten oder einfach andere Dinge taten.

Du hast immer gesagt:

„Fräulein Gutballett stammt noch aus dem vorigen Jahrhundert. Sie liebt Kinder abgöttisch und sie ist einfach nicht mit Gold zu bezahlen."

Ich hatte nicht immer den Eindruck, dass dies stimmte.

Besonders, wenn ich ganz alleine mit dem älteren Fräulein in dem riesigen holzgetäfelten Hotelraum sitzen musste und sie mir endlose Geschichten vorlas. Grausige Märchen mit einer Unmenge von Trollen und Greifvögeln, die Kinder ihren Eltern entrissen und in einsame Berge verschleppten.

Ich war immer froh und dankbar, wenn ich zur Skistunde gehen durfte, die ein netter junger Skilehrer abhielt, der immer laut und fröhlich lachte.
Damals hast du auch immer noch viel und häufig gelacht.
Du hast mit dem Skilehrer gescherzt und mit dem Fitnesstrainer und besonders mit Josef Habisreitinger, der für das Hotel die Schlittenfahrten organisierte und durchführte.
Es waren herrliche unbeschwerte Nachmittage, die wir beide eingemummelt in Decken und Felle in einem Schlitten saßen und mit Herrn Habisreitinger durch die winterliche Landschaft von Garmisch fuhren, während man nur das gedämpfte Getrappel der Pferdehufe auf dem Schnee hörte.
Du hast mit deiner Sonnenbrille und deinem Pelzmantel und passender Mütze ausgesehen wie ein Filmstar.
Die Männer, denen wir begegneten, haben sich immer nach dir umgedreht.

Und dass die strahlende Wintersonne alles um dich herum in gleißendes Licht getaucht hat, schien dir nichts auszumachen.
Bis du dann das Licht um dich herum einfach ausgeknipst hast, Mutti.
Endgültig.

36

Gestern an deinem Geburtstag habe ich mit Papa telefoniert.

Er ist momentan sehr depressiv und gibt sich überhaupt keine Mühe mehr, aus diesem Loch heraus zu kommen. Er hatte in den vergangenen Jahren immer solche
Phasen.

Aber seit deinem Tod ist es anders geworden.

Es scheint, als hätte ihn alle Hoffnung verlassen.

Besonders, da er im Moment wieder einmal Streit mit Elisabeth hat.

Das macht ihn immer besonders traurig.

Er hängt sehr an ihr.

Die beiden verbindet auch
eine Hass - Liebe miteinander.

Nur eben von Tochter zu Vater.

Er hat nach deiner Operation Elisabeth an deine Stelle gesetzt.

Als Beraterin und als Partnerersatz.

Er würde gerne in ihrem Haus alt werden.

Da sie beide alleine leben.

Aber sie will diese Nähe nicht.

Verständlicherweise.

Und da beide nie gelernt haben, auf andere Menschen und deren Gefühle Rücksicht zu nehmen, können sie auch nicht aufeinander Rücksicht nehmen.

Und so verletzen und beleidigen sie sich gegenseitig. Sehr häufig.

Und sehr heftig.

Ich mische mich nicht in ihre Streitigkeiten ein.

Man kann dem ganzen nur fassungslos gegenüberstehen.

Vielleicht fange ich auch schon an, unter die Wolldecke zu kriechen.

Wenn auch nur im Geiste.

Unsere Familie ist restlos zerstritten.

Die vielen Jahre deiner Leidenszeit sind an keinem von uns spurlos vorüber gegangen.

Es waren bittere Jahre.

Und diese Erfahrungen haben bei jedem einzelnen ihre Spuren hinterlassen.

Man sollte doch meinen, dass solch ein Schicksalsschlag die Familienmitglieder stärker miteinander verbindet.

Bei uns ist das Gegenteil der Fall.

Später nach dem Telefonat mit Papa bin ich mit dem Fahrrad zum Häuschen gefahren.

Weil wir immer noch Frühlingstemperaturen mitten im Winter haben, sieht man in den Gärten und am
Feldwegesrand schon hier und da etwas blühen.
Ich habe schöne Ginsterbüsche gesehen.

Du mochtest Ginster und Forsythien immer so gut leiden.
Und Flieder.
Wenn wir als Kinder manchmal samstags mit dir zu Tante Lore oder Tante Matti zum Kaffee gefahren sind, dann hast du den beiden Tanten immer ein Päckchen Kaffee und im Frühling blühende Forsythienzweige aus dem Garten mitgebracht.
Wir hatten sonst nicht viel Kontakt zu den Schwestern deiner Mutter.
Eigentlich waren es ja unsere Großtanten.
Und weißt du noch?
Tante Lore wollte uns immer alle küssen.
Sie hatte einen Sohn, der ihr zu Lebzeiten nicht viel Freude gemacht hat.
Du weißt ja nur zu gut, Mutti, dass Anselm niemandem viel Freude bereitet hat.
Nicht nur, weil er sehr viel getrunken hat.

Erstaunlicherweise lebt er immer noch.

Er muss eine außerordentlich regenerierfähige Leber
besitzen.
Getrunken wurde in deiner Familie ja ganz gerne mal ein Gläschen zu viel.
Natürlich wurde darüber bei uns nicht gesprochen.
Du hast nicht darüber gesprochen.
Du wolltest ohnehin nicht so viel mit der Familie deiner Mutter zu tun haben.
Sie waren dir zu schlicht.
Als Friseurinnen oder Verkäuferinnen oder Zahnarzthelferinnen.
Sie passten nicht in dein Leben und das hast du sie auch spüren lassen.
Bis dann Tante Matti zurück in unser Leben kam.
Es war einige Zeit nach dem Tod von Onkel Franz.
Du warst schon lange im Pflegeheim.
Da stand sie eines Tages bei Papa vor der Haustür.
Vom eigenen Sohn und der Schwiegertochter buchstäblich vor die Tür gesetzt.
Nur mit einem Koffer in der Hand.
Tante Matti zog in dein Haus ein.
Sie war es, die die letzten Jahre jeden Tag an deinem Bett gesessen hat.
Sie hat dir die Haare gekämmt und dir über die Wange gestreichelt.
Mit ihrer Löckchenfrisur, ihren Rüschenblusen und

ihrer weißen gestärkten Spitzenschürze über den knielangen Damenröcken.

Tante Matti sah immer ein bisschen aus wie eine Hausdame aus dem vorigen Jahrhundert.

Und sie war der gütigste Mensch, den ich je in meinem Leben getroffen habe.

An deinem Bett sitzend hörte ich sie einmal sagen:

„Ich bin es doch Kind, deine Tante Matti. Klärchens Schwester."

Es war so, als wäre sie gekommen, um dich auf deiner Reise zu beschützen, Mama.

Tante Matti ist ein paar Monate vor dir gestorben.

Vielleicht hast du gespürt, dass sie dich nach ihrem letzten Besuch an deinem Bett dann für immer verlassen hat.

Und dann bist du ihr gefolgt.

37

Siegbert und ich haben am vergangenen Freitag standesamtlich geheiratet.

Es war eine kleine Hochzeit und es war sehr schön.

Zu meiner ersten Hochzeit habe ich dich und Papa nicht eingeladen.

Zur zweiten konnte ich dich nicht mehr einladen.

Es kommt eben keine Gelegenheit wieder.

Zwischen eurer standesamtlichen und kirchlichen Trauung lagen vier Monate.

Ihr wolltet auch heiraten, damit du die elterliche Wohnung behalten konntest.

Und weil ihr eine Doppelhochzeit mit Papas Bruder Ludwig machen wolltet, musstet ihr bis zum Sommer warten, weil sich vorher kein gemeinsamer Termin für alle vier Personen gefunden hatte.

Papa hat erzählt, dass ihr auch nach der standesamtlichen Trauung im Haus deiner Schwiegereltern noch in getrennten Schlafzimmern untergebracht wart.

Jetzt, über fünfzig Jahre später, wirkt es wie ein Anachronismus.

Siegberts Mutter Marie hatte ihre liebe Not, weil wir die Hochzeitsnacht nicht miteinander verbringen konnten und wollten.

Siegbert hatte noch einen wichtigen geschäftlichen Termin und aus diesem Grund war die Hochzeitsfeier dann am späten Nachmittag auch schon wieder vorbei. Wir hatten das vorher besprochen und alle Gäste
wussten Bescheid.

Marie hat dann trotzdem beim Kaffeetrinken immer wieder versucht, das Gesprächsthema auf die bevorstehende Nacht zu bringen und hat über den Tisch hinweg ganz komische Grimassen gezogen, bis alle Gäste laut lachen mussten.

Sie kann manchmal wirklich herrlich komisch sein. Und ich musste sie beruhigen und ihr immer und immer wieder versichern, dass ich abends beim Einschlafen
sicher nicht traurig sein würde.

Dass die alten Leutchen immer so ein Gewese um das bisschen Sex machen müssen.

Papa ist genauso.

Du meine Güte.

Heute fangen die Kinder schon mit dreizehn Jahren spätestens an, miteinander zu schlafen.

Das ist alles normal und niemand von diesen jungen Leuten ist überhaupt noch in der Lage zu erahnen, was es früher für Schwierigkeiten für junge Menschen gab, zusammen zu kommen.

Und es interessiert auch heute niemanden mehr.

Papa hatte eines Tages in einem Anfall von sentimentalen Gefühlen eure Eheurkunde an die Wand über dein Pflegebett gehängt.

Ich weiß nicht mehr genau, seit wann sie da hing.

Plötzlich war sie da.

Ich fand es schrecklich unpassend und kitschig.

Du in deinem Pflegebett und über deinem Kopf diese Urkunde.

Als ich Papa vorsichtig darauf angesprochen habe, ob wir für diese Urkunde nicht in einem anderen Zimmer irgendwo einen Platz finden könnten, hat er sich schrecklich aufgeregt.

Er hatte sogar Tränen in den Augen.

Mir wurde das zu emotional und ich bin dann für eine Weile raus auf die Terrasse gegangen, um durchatmen zu können.

Es war grotesk.

Diese Eheurkunde über deinem Kopf hängen zu sehen. Ich weiß nicht, Mama, ob du das überhaupt mitbekommen hast.

Dass Papa, ohne dich zu fragen, dieses Eheversprechen einfach bei dir an die Wand gehängt hat.

Es wäre dir sicher nicht Recht gewesen.

Die Ehe mit Papa, die du nicht mehr ertragen hast, wurde durch diese Zurschaustellung endgültig ad absurdum geführt.

Als Hausherr hat Papa für sich in Anspruch genommen, schalten und walten zu können, wie es ihm beliebte. Aber ich bin mir sicher, er wollte uns Kinder dadurch provozieren.

Bei mir ist es ihm auch gelungen.

Auge um Auge, Zahn um Zahn.

So steht es schon in der Bibel.

Und hat Papa nicht immer davon erzählt, dass er und seine Geschwister morgens vor der Schule bei Wind und Wetter den langen Weg zur Kirche zu Fuß

zurücklegen mussten.

Religiöse Erziehung trägt ihre Früchte.

Bei Papa trifft das auf jeden Fall zu.

Was Gott zusammengeführt hat, das soll der Mensch nicht trennen.

In deinem Fall, Mama, muss man wohl feststellen, dass du nach der Operation keine Chance mehr hattest, dich von deinem Mann zu trennen.

Bis der Tod euch scheidet.

Und so ist es dann ja auch gekommen.

Durch den Tod wurdest du aus deinem Martyrium befreit.

Bei deiner Begräbnisfeier hat eine ehemalige Nachbarin und gute Bekannte von euch über die Kaffeetasse hinweg betont, wie schön doch ihr eigenes Leben verlaufen sei.

Wenn man von der ungeheuren Taktlosigkeit einer solchen Bemerkung, ausgerechnet auf deiner Beerdigung, einmal absieht, muss man wohl feststellen:

Dein Leben verlief im Gegensatz zu dieser Frau nicht besonders schön.

Schicksal. Fehlendes Glück. Zufall. Eigenes Versagen.

Welches Wort könnte eine Erklärung für den so anderen Lebensverlauf andeuten.

Ich will nicht mehr darüber nachdenken müssen.

Es ist wie es ist.

Aber ich hätte es dir anders gewünscht.

38

Dieser Brief wird der letzte sein, den ich dir schreibe.

Morgen fahre ich ein paar Tage zu Besuch zu Papa. Die Briefe an dich werden mich in meinem Koffer begleiten.

Papa weiß nichts von diesen Briefen.

Und er muss auch nichts von ihnen erfahren.

Ich habe schon seit ein paar Wochen den Wunsch, dir die Briefe nun persönlich zu überbringen.

Besser müsste ich es wohl so formulieren:

Ich möchte sie zu dir bringen und dir ins Grab legen.

Ich weiß nicht, ob du diese Briefe überhaupt haben möchtest, aber da ich sie ja nun mal an dich geschrieben habe, bekommst du sie jetzt auch.

Übermorgen werde ich alleine auf den Friedhof gehen und auf deinem Grab ein Loch graben.

Ein Loch, das groß genug ist, um all diese Briefe aufzunehmen.

Ich werde sie nicht in einen Metallkasten legen, um sie zu schützen.

Sie dürfen sich ruhig bei dir im Grab auflösen.

So, wie du dich schon aufgelöst hast.

Und noch weiter auflösen wirst.

Die Buchstaben und Wörter, die meine Gedanken zu Sätzen geformt haben, werden dann bald nicht mehr vorhanden sein.
So wie alles, was dich ausgemacht hat, sich nach und nach aufgelöst hat.

Wenn ich die Traueranzeigen in den Tageszeitungen lese, dann werde ich häufig schnell unwillig.
Oft steht da zu lesen: *Du wirst immer bei uns sein.*
Was auch immer diese Leute, die solche Annoncen aufgeben, wohl damit meinen.
Du, Mutti, bist nicht mehr bei uns.
Und das ist auch gut so.
Denn du wolltest nicht mehr bei uns sein.

Deine Eleonore

Zeitfracht Medien GmbH
Ferdinand-Jühlke-Straße 7
99095 Erfurt, Deutschland
produktsicherheit@kolibri360.de